OUBLIÆS

Florence Rivières

Oubliæs

UN ZINE DE SPECTRES ET DE MYTHES

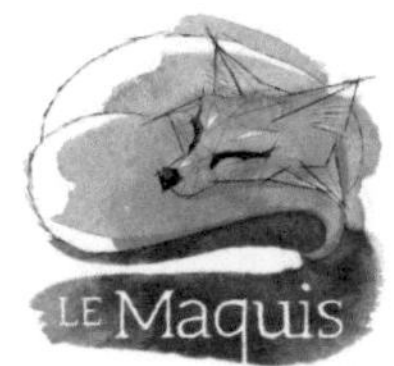

Mise en page : Pauline Harmange
Illustration couverture : Amande Bleue
Illustrations intérieur : Florence Rivières, Coline Sentenac,
Édouard Noisette, Alexandra Banti

Police Les Disparues de Laquis : Baskervvol by Bye Bye Binary

Édition : BoD · Books on Demand, 31 avenue Saint-Rémy, 57600 Forbach,
bod@bod.fr
Impression : Libri Plureos GmbH, Friedensallee 273, 22763 Hamburg
(Allemagne)

ISBN : 978-2-3224-7782-1
Dépôt légal : Mai 2025

Il était une fois,

ou il était deux fois,

ou il était, et il n'était pas,

ou en un lointain pays,

il y a bien longtemps ou moins que cela,

des histoires qui n'étaient ni vraies ni comprises

ou tout le contraire.

Une fois oubliæs,

elles se réfugièrent entre les pages d'un zine,

nouvelles et poésie entremêlées.

SÉLÈNE

Ça commence dans une tour. Je ne sais plus depuis combien de temps j'étais là, c'est difficile de compter quand tous les jours se ressemblent. Je ne me suis pas toujours rappelé pourquoi j'y étais – je me souviens pourquoi j'en suis sortie, et ce qu'elle ne contenait pas.

Je savais que c'était une tour parce que, quand le chant des oiseaux se faisait entendre, il provenait d'en bas. Et je me rappelle que les oiseaux volaient – je l'avais vu, un jour. Il y avait longtemps ?

Il y avait une trappe à la porte. Des mains anonymes m'y glissaient ce dont j'avais besoin – nourriture, boisson, livres, papier, plumes et encre, instruments de musique. Vêtements parfois. Je ne manquais de rien – si.

Il y avait suffisamment de livres pour vous intimider et vous faire vous asseoir au milieu de la pièce en les regardant au lieu de monter à l'échelle, mais les échelles étaient une composante importante de ma vie d'enfant et je ne savais pas combien de temps je serais coincée ici. On m'envoyait tout ce dont je pouvais avoir besoin, et même tout ce que je pouvais vouloir, mais il n'y avait rien de *vivant*. Même pas une petite plante, alors que je dévorais leurs noms et toutes les informations que je pouvais trouver à leur sujet dans les ouvrages de botaniques – je lisais, sans discrimination, tout ce qui me tombait sous la main et je n'avais aucune raison de m'ennuyer parce que les livres me tombaient sous la main à un rythme plus soutenu que celui de ma propre lecture.

Je me dessinais des compagnons mais alors je me rendais compte que je n'avais pas vu de visage, de vraie figure humaine, depuis trop longtemps. Et puis je ne voyais jamais mon visage. Je crois que j'ai mis du temps à m'en rendre compte. Mais une fois remarqué, ce manque a commencé à me rendre folle. Il n'y avait pas de fenêtre à cette pièce, toute la lumière venait d'un plafond de cristal qui diffusait la lueur des étoiles et du soleil, intensifiant les premières et atténuant le second. C'était très difficile de savoir l'heure qu'il était, et puis je ne me suis pas mise à compter les jours tout de suite ; je pensais parfois qu'on me punissait – j'ignorais en quoi consistaient les punitions, ce qui les rendait plus effrayantes encore.

J'avais beau y déposer, près de cette porte qui m'amenait tout ce dont j'avais besoin, des mots demandant à pouvoir sortir, ou de la compagnie, ou un miroir pour au moins avoir la compagnie d'un visage en mouvement, ils restaient lettre morte. Mais on m'envoyait autant d'eau que j'en demandais, et j'ai fini par avoir le regard assez acéré pour y distinguer mon reflet. Je ne m'en rappelais pas, pas comme ça. Mes traits étaient beaucoup plus ronds que ça, mon nez avait un peu changé – non, c'était un remous de l'eau – et sur mon visage, barrant mon œil gauche, il y avait cette forme sombre – celle d'un chat.

Je me suis mise à dessiner d'autres chats pour lui tenir compagnie, au fusain réduit en poudre et trempé, à l'encre. Il y avait toute une famille de chats sur mon visage et, paradoxalement, le savoir me faisait me sentir moins seule. Mais ma peau chassait les chats en quelques suées – sauf le premier, celui que je n'avais pas dessiné, qui continuait à me regarder en se léchant le bout de la patte. Mes cheveux poussaient et poussaient encore, mais c'est au moment où j'ai commencé à devoir demander de nouveaux vêtements, parce que les miens devenaient trop petits, que j'ai commencé à me dire que j'étais peut-être là depuis longtemps.

J'avais essayé de m'enfuir de nombreuses fois, et j'en avais conclu que j'étais prise au piège dans une boîte étanche où l'on trouvait presque tout ce que l'on puisse produire d'agréable – mais il n'y avait pas de vie à l'intérieur, pas de bruit inattendu, pas de liberté et pas de miroirs. Je pouvais lire et écrire et jouer de la musique et en écouter, je lisais les mots d'autres gens et ils me tenaient compagnie avec le panier de chatons que j'entretenais sur mon front et mes joues, mais aucun ne m'était adressé *à moi*. Et les miens, de mots, qui les recevait ?

Un jour, la porte s'est ouverte. Sans prévenir. Tout de bon. J'ai à peine eu le temps d'entendre de petits pas s'éloigner en se pressant. Comprenez-moi bien : elle ne s'était pas ouverte en grand. À peine quelques centimètres et ce grincement que produisent parfois les gonds quand ils ne s'attendaient plus à être utilisés. Sur le moment, j'ai pensé que je rêvais. J'avais toujours aimé rêver – cela au moins m'emmenait ailleurs. Les jours où je m'éveillais en ayant rêvé être dans ma tour, c'était en ronchonnant. Une nuit comme gâchée.

Je me suis approchée. Pas à pas d'abord. Et puis il m'est venu l'idée que, si la porte s'était ouverte, peut-être risquait-elle de se refermer. J'ai couru à elle et je l'ai poussée, à mouvements désordonnés. Elle était un peu bloquée. J'y ai mis tout mon poids. Elle a cédé et s'est ouverte en grand. Je me suis figée sur le seuil. Je regardais le couloir et l'escalier en colimaçon qui montait jusqu'à ma chambre de la tour. Ils me semblaient bien étroits. La distance entre le plafond et ma tête, aussi, avait diminué de beaucoup. Je me suis demandé combien de fois j'avais eu à faire changer mes robes depuis que j'étais ici.

Je me souvenais de ces pierres, je *savais* que je m'en rappelais, mais un sentiment d'étrangeté tenace ne me quittait pas – tout était plus bas, plus petit, et en même temps plus réel. J'avais grandi, et mon souvenir s'était flétri depuis ce fameux jour. Je me rappelais de murs flous et hauts, et ceux-là étaient durs et trapus. Je me suis soudain rendu compte que j'ignorais quel âge j'avais.

J'ai descendu l'escalier, et j'ai parcouru les grandes salles qui ne me paraissaient plus si vastes. Autre chose avait changé ; toutes étaient tendues de noir. Je m'avançais, et à mesure que j'avançais je redécouvrais mes souvenirs du château. Tout ce temps, ils étaient là, juste là, attendant que j'en aie besoin. Je ne reconnaissais plus ma maison ainsi étriquée, mais je savais quelle porte menait à quelle pièce, à quel couloir. Je ne reconnaissais plus son bruit non plus – c'était comme si le silence du donjon, je l'avais apporté avec moi.

J'ai fini par pousser la porte de la grande salle, la salle de bal. Au milieu de cette pièce bondée de tous les échos de ces souvenirs, là, que je n'avais pas eus, mais que j'avais écrits et dessinés et imaginés depuis la chambre de la tour. Je me suis revue danser sur les pieds d'un grand homme. Qui était-il ? Je me souvenais son odeur et la couleur de son pourpoint. Je ne revoyais pas son visage et soudain il fut devant moi.

Un grand portrait, plus haut que moi, trônait au milieu de la salle. Un drapé de soie, noir lui aussi, tombait de part et d'autre du cadre doré, comme le linge d'un bébé, comme si des bras invisibles allaient se mouvoir et commencer à bercer le tableau. Je me suis approchée, avide de découvrir les visages qui s'y trouvaient.

Je ne les reconnaissais pas. Je ne les reconnaissais pas mais, aux emblèmes qu'ils portaient, aux tissus qui les paraient, aux bijoux et aux motifs du fond, je savais de qui j'étais en train de contempler le visage.

Mais je ne les reconnaissais pas. Ils n'étaient pourtant pas si…

Pas si âgés.

Je reculai d'un pas, tournai sur moi-même, le regard passant sur les moulures dorées du plafond, les draps noirs qui en pendaient, le silence si pesant soudain qu'il se *voyait*. C'était l'odeur du deuil qui planait autour de moi, réalisai-je en replongeant le regard dans celui, à peine écaillé, de ma mère. Peut-être que le portrait n'était même pas récent. Il n'y avait pas de moyen de le savoir. L'air, sous le haut plafond, pesait de tout son poids.

J'ai eu le réflexe de retrouver l'endroit où ma mère, je le savais, gardait ses bijoux ; j'y ai trouvé ce dont j'aurais besoin pour échanger des biens, si l'on en croyait les romans d'aventure que je dévorais depuis toujours, ainsi qu'un couteau d'obsidienne. Je n'avais pas couru, pas vraiment, depuis des années, mais je me suis enfuie hors du château, dans le parc, au-delà des murs et loin, très loin de la mort qui se cachait là depuis combien de temps ?

La forêt était tendue de noir, elle aussi ; de lourds draps corbeau qui masquaient la vue, de loin en loin, jamais assez distants pour permettre au promeneur d'oublier leur présence. Il pleuvait ; j'en arrachai un et le drapai autour de moi comme un manteau. Je suivis la route. Chaque pas m'éloignait des hauts murs du parc, de la vie que je n'avais pas vécue et de ces parents qui ne m'expliqueraient jamais pourquoi. J'étais en colère, et je courais presque lorsque je parvins en vue de l'auberge.

C'était une taverne au milieu des bois, davantage un refuge de chasse qu'une taverne, d'ailleurs. C'était l'endroit le plus lointain dans lequel je m'étais jamais rendue, et pour cela plus que pour son air sec peut-être, je me mis à l'aimer de tout mon cœur. S'y trouvaient deux hommes, une jeune femme et un être dont je ne pus déterminer le genre, qui jouait de la harpe de voyage au coin du feu. J'ai commandé à boire et à manger, pris une chambre, et j'ai payé avec l'une des perles du collier, l'un de ces colliers qui me faisaient rêver à une autre époque ; qu'en aurais-je fait de toute manière. Je mangeai seule, scrutant les visages des autres personnes présentes. D'autres personnes. Étrange de m'en tenir à l'écart alors même que, quelques heures auparavant, j'aurais tout donné pour recevoir une visite – de n'importe qui.

Ce soir-là, en me déshabillant pour dormir, je vis à la lueur des bougies une rougeur sombre sur mon ventre, au niveau de mon nombril. Quelque chose que je n'avais jamais vu. Je me couchai sans plus y penser, goûtant la texture rugueuse du lin – j'aurais obtenu des draps différents si j'en avais demandé, mais rien ne m'avait donné l'idée qu'il existait d'autres sortes de draps que ceux que j'avais.

Il y avait un miroir dans la chambre ; je ne l'avais pas remarqué la veille, mais ce matin-là un rayon de soleil s'y répercutait directement jusque sur mes yeux. Je me suis levée, et j'ai avancé jusqu'à lui. Je reconnaissais les traits que j'apercevais jusque-là au fond des bols d'eau, sur les tiges des candélabres ; et en même temps je ne les avais jamais vus aussi précis, aussi lumineux, aussi réels. La pluie et la sueur avaient lavé les chats que j'avais dessinés à l'encre et au fusain, et il ne restait que lui, Le Chat ; je l'appelai ainsi sans comprendre pourquoi, et ça lui allait bien. Je nous détaillai.

Ce que c'est que de découvrir son visage en même temps que le torse qui commence à se bosseler sous les chemises et les hanches à s'arrondir. Le miroir était grand, presque en pied ; j'ai reculé d'un pas et j'ai retiré, lentement, le vêtement de coton. Je me suis regardée. J'ai mis un long moment à détacher mes deux regards l'un de l'autre. Il y avait quelque chose de profondément imparfait dans cette acuité. L'image dans le miroir me renvoyait ce à quoi je ressemblais, mais pas qui j'étais ; si je bougeais, elle bougeait, et si je le savais, alors je pouvais lui mentir et me mentir. J'étais toujours seule. Mes yeux se sont quittés et sont descendus le long de cette image parfaite et vide, et c'est là que j'ai aperçu le cercle plus sombre, autour de mon nombril. Alternativement dans le miroir et sous ma peau, deux angles différents, je découvrais cette marque que je n'avais jamais notée jusque-là. Il y avait quelque chose de nouveau, après tout – que je ne comprenais pas.

Je finis par descendre les escaliers. L'heure du petit déjeuner était depuis longtemps passée – la façon dont la lumière différait selon les moments du jour était chose depuis longtemps oubliée, et la plupart des voyageurs étaient partis depuis longtemps. Il n'en restait qu'un, que je n'avais pas vu la veille, et qui vint vers moi, le sourire avenant.

"Je m'appelle Caliel", me dit-il. Son sourire m'aurait désarmée si j'avais eu la moindre envie d'autre chose que de lui parler, à quelqu'un, à n'importe qui d'autre qu'à mon reflet muet.

"Selene", répondis-je à la volée. C'était le nom d'un personnage que j'affectionnais beaucoup dans mes livres, petite.

"J'aurais imaginé quelque chose de plus solaire", sourit-il. "Et que faites-vous ici, Selene ?"

"C'est une histoire très courte. Et vous-même ?"

Il rit. C'était donc à cela que ça ressemblait, de l'extérieur. Il bougeait, ses yeux allaient là où bon leur semblait, avec leur volonté propre. Je me sentais grisée rien que par la présence de ce libre arbitre, de cette altérité près de moi, irrémédiablement vivante.

"Je voulais me rendre au château, mais il semble que la route soit bloquée. Les gardes qui recherchent un gosse qui se serait perdu, quelque chose comme ça… Je crois qu'il ne me reste qu'à rentrer chez moi."

"Où est-ce, chez vous ?" Je brûlais de l'entendre, en même temps qu'un poids me tombait sur la poitrine. Les gardes ? Je n'en avais croisé aucun, mais qui pouvaient-ils chercher ? Je n'étais pourtant plus une enfant – mais peut-être l'ignoraient-ils. Les gens de cette taverne avaient été les premiers que je voyais depuis combien de temps ? Je l'ignorais, mais assez longtemps pour ne pas me reconnaître dans le miroir de la chambre.

"C'est un peu partout. Ce sont les mers et les lacs, les océans et les fleuves. Partout où de l'eau se meut, je me sens chez moi. Et où est-ce, chez Selene, si je peux me permettre ?"

"À chaque endroit que je peux imaginer et que je retrouve dans la réalité, je crois."

"Comment fais-tu lorsque tu ne trouves pas l'endroit que tu cherches ?" La familiarité s'était imposée d'emblée, évidente.

"Je l'invente."

"Et où allais-tu, hier soir ?"

"Je ne sais pas encore. Je connais peu ces contrées."

Il me regardait toujours. Il me regardait comme si j'étais la seule chose en ce monde à être présente – et à cet instant, il était la chose la plus présente que j'aie vue.

"Si tu veux, je me rends à la cité portuaire. Il y a deux bourgs sur le chemin, et le port lui-même est une grande ville fortifiée à flanc de falaise qui se laisse redescendre sur la jetée. Peut-être trouveras-tu un endroit tel que tu l'imagines à inventer sur la route."

La menace potentielle représentée par les gardes, le sourire avenant du nouveau venu, la promesse de cet océan de possibilités – voir la mer ! –, tout convergeait vers les mots que j'ai prononcés avant même de m'en rendre compte.

"Quand partons-nous ?"

Et nous sommes partis. J'essayai de ne pas me montrer trop excitée par tout ce que je découvrais enfin, de mes yeux mais aussi du nez, des oreilles, de la peau ; le monde que je rêvais de voir depuis aussi longtemps que je me souvienne, isolée dans ma tour avec tout le confort d'icelui. Et une véritable personne avec qui partager cela. J'étais aux anges, entre feux de camps, lapins de Garenne et torrents à traverser. Mes yeux n'étaient pas habitués à la nuit, ni au plein midi, et ils étaient souvent plissés ; mais les muscles de mon visage, je le sentais, exprimaient la joie.

Mon marin presque inconnu ne semblait se formaliser de rien ; nous échangions autant avec des mots que dans nos silences. Ils étaient comme une vague, liquide et électrique, qui circulait entre nous, et ça bougeait le reste, et je ressentais des émotions que je ne connaissais pas et que j'avais autant de plaisir à observer que le paysage.

Chaque journée était une aventure : un soir, l'air de rien, j'ai allumé mon premier feu de camp.

"Tu ne m'avais pas dit que tu étais une trappeuse aguerrie."

"C'est que je viens de m'en rendre compte."

"Je ne devrais pas être surpris que tu t'y entendes avec les étincelles."

"Que veux-tu dire ?"

"Tu ne reflètes pas la lumière des flammes. Tu es le feu."

"Et toi, qu'est-ce que tu es ? L'eau sur laquelle tu navigues ?"

"Moi, je suis le vent."

Je reportai mon regard sur les flammes.

"Et tu n'as pas peur de te brûler ?"

"Tu ressens quoi quand tu regardes celui-ci ?"

"Je pourrais me brûler. Mais s'il n'était pas possible de se brûler sur les choses du monde, alors…"

"Aurait-il le moindre intérêt ?" Il avait fini ma phrase.

"Oui. Trop longtemps on m'a tenue à l'abri du monde. Je n'y retournerai pas."

Je me rappelle l'intensité de son regard à ce moment, de la façon dont sa main ne toucha pas la mienne et dont pourtant il la prit.

Mais, au fil des jours, j'éprouvais de plus en plus de difficulté à me lever. Une fatigue m'envahissait qui me laissait, le soir venu, pantelante ; je m'endormais d'un sommeil sans rêves, profond et noir comme le fond de nos prunelles. Je notai que de petits points plus sombres apparaissaient le long de mes avant-bras, et plus ils apparaissaient, plus je luttais pour tenir debout. Je les lui montrai, mais Caliel ne semblait pas s'en inquiéter ; et puis je n'avais pas l'habitude de marcher aussi longtemps d'affilée, ce que je me gardai de lui dire. Je me rassurai en me disant que mon corps avait besoin de s'habituer à l'extérieur, à la vie.

Je ne savais pas à quel point.

La cité formait comme les escaliers d'un géant, de la jetée à la pointe nord de la côte. Là, un phare se dressait, allumé quelques heures avant que la nuit ne tombe. La lumière, produite par de grands feux, était amplifiée et redirigée par tout un système de cristaux, ce qui faisait que les navires perdus en mer ne pourraient se méprendre ; impossible de confondre la lueur arc-en-ciel du phare avec une autre.

Les portes de la ville se trouvaient à mi-hauteur, enclavées entre deux coteaux. Nous descendîmes la pente douce, d'abord en prêtant attention à nos pieds, puis en courant. Caliel, à mi-parcours, se retourna et me lança des épis de graines d'herbes comme il l'aurait fait de fléchettes. Elles vinrent se coincer dans mes cheveux et j'en fis provision pour répliquer. Nous continuâmes à courir, nous les jetant l'un sur l'autre, pour ne ralentir qu'à l'approche des gardes qui nous laissèrent entrer après nous avoir considérés d'un air placide.

Il me guida dans un dédale de ruelles aux maisons passées à la chaux et éclairées de lanternes dont la lueur se reflétait sur une brume qui persistait malgré l'affluence alentours ; autour de nous se déployait le ballet lent, mais omniprésent, des habitants vaquant à leurs occupations. Quelque chose en moi était comme électrifié. Me me sentais en décalage avec le sentiment d'appartenance qui se dégageait d'eux. Ils étaient bien plus nombreux que dans la taverne que j'avais visitée ; mes seuls souvenirs de pareilles assemblées existaient, je le sentais bien, mais ils étaient hors de portée. Des jeunes, des vieux, des enfants, des symétriques, des difformes ; chaque visage était différent et racontait sa propre histoire. Ils étaient tous là, avec un je ne sais quoi de commun qui les reliait.

Je me suis tournée vers Caliel, et un instant, je me suis demandé quelle histoire racontaient ses yeux. Ils étaient lumineux ; et surtout, ils me renvoyaient à moi-même dont je ne connaissais pas l'histoire avec une force que je n'avais connue dans aucun reflet. Je me fis la réflexion que je ne manquais plus d'un miroir, même si je n'arrivais pas à déchiffrer ce que je voyais dans celui-là ; et cela, la certitude de ne pas être seule, l'énigme à résoudre aussi, me galvanisait.

"Tu es un mystère, pour moi." Ce fut lui qui le dit.

"Comment ?"

"Tu es vivante. Tu brûles au milieu des morts et tu n'as pas l'air de le remarquer. Je ne comprends pas comment c'est possible."

Un frisson parcourut mon échine. "Comment ça, les morts ?"

"Tu ne vois pas ?"

Je frissonnai de nouveau. Je ne pouvais que le voir désormais. Tous, ici, tous les gens qui nous entouraient se mouvaient comme des spectres, sans sembler voir le monde autour d'eux – sans nous voir – et ce fut tout juste si l'un d'eux ne me passa pas au travers à l'instant où je me rendais compte de ce qu'ils étaient, de ce qu'ils n'étaient pas. Ils n'étaient pas morts, mais pas tout à fait vivants non plus. Ils avaient des passés pourtant, qui s'inscrivaient sur les lignes de leurs visages, les moues de leurs bouches. Mais ils ne semblaient pas savoir quoi en faire, et surtout ils semblaient bloqués dans un éternel instant, et la sérénité que j'avais d'abord ressentie me sembla de l'apathie. Un instant, je m'imaginai rejoindre ce mouvement-là et m'y fondre. Il fut le seul à voir mon mouvement de répulsion.

"Ne les juge pas trop durement… Tu sais, j'étais comme eux avant. Mais trouver quelqu'un comme toi… C'est comme si tu avais été préservée de la fatigue et de l'usure du monde. Ça m'a réveillé. C'est comme si tu avais rallumé une machine qui était grippée depuis longtemps, comme si j'avais trouvé…"

"Une flamme et un miroir", complétai-je en un souffle.

"Oui. Je me suis vu en toi et ça m'a éveillé."

Je sondai mon intérieur. Les mouvements y étaient erratiques. Tout était nouveau, et plus c'était nouveau, plus j'en savais de moi. C'était *cela* qu'était censé faire un miroir, n'est-ce pas ?

"Tu dois venir de vraiment loin pour ne jamais l'avoir remarqué", ajouta-t-il. "Il y a ici une force qui vide les hommes et les femmes de leur capacité à ressentir, et qui les touche de plus en plus jeune."

"Est-ce que ça va m'arriver ?"

“Non. Pas toi. Tu es spéciale. Je ne saurais pas comment l'expliquer mais je le sais. Tu m'as réchauffé comme l'aurait fait un brasier.”

“Mais alors, pourquoi je me sens si fatiguée depuis que je suis ici ?” Était-ce vraiment depuis que j'avais quitté la tour ? Les jours passaient, les marques se multipliaient sur mes poignets et mes avant-bras. Elles ne me faisaient pas mal ; mais plus elles apparaissaient et plus je me sentais vidée de mon énergie, de cette force vive dont je n'avais pas conscience avant qu'elle vienne à manquer.

“C'est ton corps qui se bat contre la morosité ambiante. Et puis, tu m'as dit que tu avais toujours eu des marques. Certainement nous trouverons quelqu'un qui saura l'expliquer au gré de nos voyages.”

Mais étaient-ce le même genre de marques ? Tant que je ne saurais pas d'où venaient le chat et le cercle, je ne pourrais le dire. Il avait une plus grande expérience du monde, et je n'avais jamais rien lu de tel. Et puis, il était vivant, le seul autre être authentiquement *vivant*, me semblait-il, à des lieues à la ronde, et cela compensait ma fatigue. Je nous regardais dans ses prunelles sans vraiment faire la différence entre nous, et cela me donnait le sentiment d'être là où je devais être.

Je reportai mon regard sur la foule ; nous étions arrivés à une placette, d'où nous voyions la mer. Des festivités y étaient en cours.

“Ils ont l'air heureux. Alors pourquoi je me sens triste comme la mort en les regardant ?”

“La plupart s'amusent. Toi et moi, on est en vie.”

Je me retournai vers la mer, vers les vagues, vers cette liberté dont il m'avait parlé la première fois que l'on s'était rencontrés. N'était-ce que ce pays ? Y avait-il, au-delà de la mer, des endroits où tous les gens étaient vivants ?

Une vieille qui s'était arrêtée près de nous sans que je l'entende, perdue que j'étais dans mes pensées, me fit pivoter en m'empoignant l'épaule, puis prit mon menton entre ses doigts et considéra mes yeux, ma joue, mon front, quelques instants qui me parurent une éternité avant de lâcher :

“C'est le deuil.”

“Quoi ?”

Ses mots étaient tombés dans le creux de ma poitrine et avaient fait taire tous les autres, d'un coup. Elle desserra sa prise et s'en fut comme elle était arrivée, avant de disparaître dans la foule. J'eus froid, tout à coup, et une nouvelle vague de fatigue me terrassa, si bien que ma tête se mit à tourner et à me faire mal.

“Allons-nous-en s'il te plaît.”

.

Son navire s'appelait Binaël. Je ne m'étais pas attendue à un si grand bâtiment – à vrai dire je ne sais pas vraiment à quoi je m'étais attendue. Les amarres, nous les avons larguées presque aussitôt ; il restait un monde à voir. Accoudée à la proue, je regardais les cheveux de sa figure et la façon dont l'eau salée les éclaboussait et, plus loin, l'horizon et tous les possibles qu'il renfermait, à portée de main.

“Quand les gens ont-ils cessé d'être vivants à l'intérieur ?”

“Personne ne s'en rappelle précisément, parce que tout le monde a été un peu touché.”

“Même toi ?”

“Même moi. Mais la plupart ne s'en rendent jamais compte. Moi, j'en souffrais.”

J'étais pensive. Je démêlais mes cheveux, aux doigts – j'avais pensé dans ma fuite à prendre une réserve de perles et une arme qui devait probablement coûter plus cher que le bateau où je me trouvais, mais un peigne en corne, ça, non, ç'aurait été trop ! J'y trouvai l'un des épis dont nous nous étions servis quelques jours plus tôt, et souris tristement. Fallait-il que j'en sois loin, de cet instant ! Et pour autant, je me sentais toujours un poids sur le torse, quelque chose qui voulait partir et crier et que même là, au milieu de l'océan, je ne parvenais pas à contenter. Je m'apprêtais à jeter l'épi par-dessus bord quand je remarquais qu'une autre marque, un peu floue, était apparue sur mon épaule droite, à l'intérieur, là où le muscle vient s'attacher à la clavicule. Elle était là, toute neuve et cependant semblant toujours avoir été là. Les paroles de la vieille me revinrent en mémoire. *C'est le deuil.* Cela ne voulait rien dire. Comment une tache sur la peau pouvait-elle signifier, ou plus absurde encore, *être* le deuil ? Et puis de quoi aurais-je été endeuillée ? D'un brin d'herbe qui était toujours là ? Rageusement, j'ai jeté le brin par-dessus bord, pour bien montrer à cette vieille qui n'avait rien compris qu'elle avait eu tort de dire ce qu'elle avait dit. Les échos des vagues furent sa seule réponse, et on aurait dit qu'elle riait.

Pour autant, je ne pouvais m'empêcher de me questionner, ni chasser la voix de la vieille dans ma tête. La marque au niveau de mon ventre, je ne l'avais jamais vue avant la nuit où je m'étais enfuie de chez mes parents. Avant d'avoir appris qu'ils n'étaient pas seulement inaccessibles, mais morts. Je haussai les épaules. Que m'importait ? Je ne les avais plus vus depuis si longtemps. C'était presque comme s'ils n'avaient jamais été là. Mon regard se reporta sur les petites marques sur mes poignets qui s'accumulaient jour après jour, constellant la peau de minuscules taches blanches et rondes bien nettes, alors que le chat, le cercle au milieu du cordon ombilical, et désormais l'épi flou, étaient sombres, leurs contours se fondaient dans la couleur qui les entourait. Je portai la main vers la première tache, celle qui m'avait tenu compagnie toute mon enfance.

Le Chat. C'est à ce moment-là que je me suis rappelée du chat. Et je me suis rappelé pourquoi. Les taches étaient là depuis longtemps, en réalité. J'avais simplement cessé de regarder les plus petites. Je ne me rappelais plus leur provenance exacte, plus de toutes, mais je savais ce qu'elles étaient – surtout, je me rappelais du chat. Il n'avait jamais vraiment eu de nom. On l'appelait juste "Le Chat", et ça nous suffisait. Une fois, par jeu, j'avais essayé de lui apprendre à répondre à un autre nom, comme "Toutou" ou "Oiseau" ou "Ragondin", mais force avait été de constater qu'il ne répondait, en fait, pas à grand-chose, en termes de noms.

Oh, j'en avais toujours eu, de ces petites taches sur la peau. Peut-être pas toujours. On n'avait pas dû les remarquer tout de suite, et puis elles étaient légères, imprécises, comme une volée de gouttes de rosée qui auraient séché, perdant un peu de leur forme. Peut-être qu'elles avaient toujours été là, qu'elles s'étaient foncées avec l'âge – et un jour le chat était mort.

Je devais avoir cinq ou six ans – en tout cas, on était une semaine après mon anniversaire. Il jouait dehors. Il avait cette sale habitude de sortir de l'enceinte, là où je n'avais pas le droit d'aller. Vous pourriez penser que c'est un peu contradictoire, qu'il ait existé à l'époque un endroit où je n'aie pas le droit d'aller. Après tout, ce sont mes parents qui commandaient, et certainement j'aurais commandé après eux. Mais désormais il n'y avait plus rien à commander et, à cette époque, c'étaient eux qui me disaient quoi faire. Enfin presque ; ils l'auraient su si j'avais passé le mur, et sans doute ils m'auraient punie, mais j'avais très vite compris, en assistant aux entretiens de Père et de ses gens, la notion de *zone grise*. Par exemple, ils ne m'avaient jamais dit de *ne pas* escalader le mur ; il était seulement clair que je n'avais pas le droit de *sortir du parc*. Donc, je regardais depuis le haut des remparts cette canaille de chat me narguer entre les arbres, au milieu du chemin, et il me regardait en retour, et… c'est là que la diligence est arrivée. Il ne l'a pas vue ; peut-être qu'il commençait à devenir un peu sourd. Quand la diligence l'a dépassé, moi, je l'ai vu – et j'ai fermé les yeux aussitôt. Peut-être que je pensais qu'en me concentrant assez fort sur son image de gros chat en vie qui se léchait la patte, avec une tête attachée à son corps et des membres aux articulations cohérentes, j'inverserais la scène, je le retiendrais parmi les vivants ; je ne me rappelais pas un jour *sans* lui, mais je sais que ce n'est pas à l'avenir que je pensais. J'étais là, bien là dans le présent, et je crois que j'essayais de lui échapper mais mon corps m'y ancrait, avec les tremblements de ma peau et les larmes qui coulaient de mes paupières closes.

Quand je suis revenue au château, mes parents m'ont regardée fixement. Horrifiés, ils étaient, et je me suis demandé si les gens de la diligence leur avaient raconté qu'ils avaient tué Le Chat. J'ai espéré qu'ils les punissent, même s'ils ne l'avaient pas fait exprès. Mais non, ils regardaient mon œil gauche fixement, puis ils se regardaient l'un l'autre. Ils se sont éloignés de quelques pas en me tournant le dos pour se parler comme si j'étais sourde, j'ai entendu des bribes de mots – ils parlaient de mariage. Et, si je ne m'étais jamais demandé à quoi servait la tour qui surplombait la fenêtre de ma chambre, eux lui ont rapidement trouvé une utilité. La semaine d'après, on m'avait déménagée en haut de la tour avec toutes mes affaires.

Surtout, je me rappelai une phrase que je n'étais pas censée avoir entendue – ma mère, à mon père. Elle semblait catastrophée.

"Personne ne voudra l'épouser si elle continue à marquer de la sorte."

Ce fut comme si on m'avait frappée. Mes parents ne m'avaient pas enfermée pour me protéger du monde. Ils m'avaient enfermée parce qu'ils voulaient me marier.

Ça voulait dire que me marier était plus important que me laisser vivre.

Ça voulait dire que m'empêcher de m'attacher à quoi, ou qui, que ce soit, était une meilleure solution à leurs yeux que de prendre leur fille dans leurs bras pour la consoler et lui raconter que son chat allait se réincarner dans un petit cochon nain qui irait vivre dans une belle ferme au bout d'un arc-en-ciel.

Ça voulait dire qu'aucun homme ne voudrait jamais d'une fille qui avait souffert pour d'autres raisons que lui.

Ça voulait dire qu'on attendait d'une fiancée qu'elle n'ait jamais vécu. Sinon quoi ?

Je me rappelai l'affliction profonde dans laquelle m'avait plongée la mort du chat. Et je l'avais oublié. Comment j'avais pu l'oublier ? Et la marque près de ce qui avait été mon cordon ombilical qui apparaissait le lendemain du jour où je me découvrais orpheline. Et la pousse d'herbe ?

Tous ces gens qui n'étaient pas vivants à l'intérieur. Ça m'avait fait mal, tellement mal. Et je m'étais enfuie. Ici, sur le bateau.

Et les marques blanches ?

La peau y était différente. Un peu plissée, un peu rugueuse. Comme…

Comme des cicatrices. De vraies cicatrices ouvertes puis refermées. Des blessures ouvertes par de vrais objets. Des objets physiques ronds, et pointus, et acérés.

Et je me sentais fatiguée. Tellement fatiguée…

“Qu’est-ce que c’est ?”

J’avais du mal à tenir debout – je n’étais plus éveillée que quelques heures par jour, désormais. Mais je ne le lâcherais pas.

“Tes bras.”

“Je suis sérieuse. Dis-moi ce que c’est.”

Il se tourna vers moi. Il tenait un verre à la main. Il avait ce sourire tendre, chaleureux. Caliel. L’homme qui me voyait et que je voyais. Celui auprès de qui je me sentais vivante, mais combien d’heures par jour ? Celui qui m’avait emmenée sur les mers, celui grâce à qui j’étais enfin…

L’étais-je ?

Je m’étais persuadée être libre parce que je m’éveillais chaque jour devant un horizon différent, parce que nous parcourions des lieues et des lieues chaque jour, mais je ne dirigeais pas ce navire. Je n’avais aucun contrôle sur l’endroit où je me trouvais. Je n’avais que ses bras et les vents qu’il choisissait pour moi.

Peut-être étais-je enfermée dans sa liberté à lui.

Quel était mon rôle alors dans cette équation ?

“Je ne t’épouserai pas, tu sais.”

Je n’avais jamais voulu cela et soudain il me le refusait alors que j’étais venue lui demander des comptes. Il dit cela comme on assène une punition et une larme solitaire roula le long de ma joue sans que je sache me l’expliquer.

“Je m’en moque.” Quelque chose m’empêchait de respirer.

“Tu aurais pu être fantastique.” Il secoua la tête.

“C’est toi qui m’as fait ça ? C’est toi depuis des semaines ?”

“Tu as besoin de moi. Il n’y a que moi qui te vois. Pour l’instant tu es une étincelle. Le jour où tu te rendras compte de qui tu es vraiment, tu seras un brasier.”

“Et c’est toi qui permettras ça, je suppose ?”

Il me sourit. Il avait toujours cette tendresse dans le regard, mais le pli de ses lèvres me disait autre chose. Je le reconnaissais sans le voir, et je dus me forcer pour arriver à le regarder, comme si quelque chose détournait mon attention de lui dès que je parvenais à l’y porter.

Il prit une gorgée de son verre à pied. Il portait une chemise très blanche, au col muni d’un jabot, qu’il avait pour une fois fermé. Il avait, posée sur le dossier d’une chaise, une grande cape noire qui lui servait lorsqu’il sortait. Il avait noué ses longs cheveux en un catogan, et il était extrêmement pâle. Il y avait dans son regard quelque chose, quelque chose de terriblement vieux.

Quand il s’essuya la bouche avec un mouchoir, une petite tache rouge le maculait. Il le jeta négligemment sur le secrétaire, derrière lui. Je luttai pour ne pas m’endormir sur place ; la douleur que je ressentais, celle de la trahison, m’aidait à tenir debout.

“Pourquoi ?”

Il ne répondit pas. Il n’avait que faire de mon indignation.

“Et plus tu buvais mon sang, plus je dormais profondément, plus tu pouvais m’absorber sans risque d’être découvert.”

“C’était toi et moi contre le monde, Selene.”

J'avais oublié une chose, essentielle dans le rapport entre un miroir et son reflet ; c'est la lutte, intestine, interminable, pour tenter de déterminer lequel est l'original.

Il reprit une gorgée de sang. Mon sang. Ma force. Ma vie. Il buvait cela devant moi, comme si rien de ce que je venais de lui dire ne comptait. Et je pris soudain conscience que c'était le cas. Rien de ce que je lui dirais ne comptait pour lui. La certitude, violente, d'être soudain en danger là où se trouvait, encore quelques instants auparavant, ce compagnon de route étrange qui m'était si précieux pour… Quoi, déjà ?

Je reculai d'un pas, puis de l'autre. Je me hissai sur le pont de ce bateau bien trop grand pour qu'il le dirige seul. Je tentai d'atteindre le gouvernail, mais il m'attrapa par les cheveux et me jeta au sol, contre la rambarde de la coque où j'étais accoudée une heure auparavant. Il y avait quelques formes plus sombres que l'horizon à bâbord, et les fragments d'un arc-en-ciel commençaient à se dessiner. Je m'accrochai à ce qui me restait de force et à la rambarde pour me redresser.

"Tu préfères donc te noyer que me laisser t'aimer ?"

Je jugeai que mes chances étaient meilleures du côté de la mer dont il se protégeait tellement depuis sa cabine.

Je me hissai sur le bord, plus près du vide encore, le regardai avec dans les yeux toujours la même question, et l'espoir qu'il éclaterait de son rire franc que j'aimais tellement et qu'il m'expliquerait que tout ça n'avait été qu'une farce mal dosée. Il se tut. Je me laissai tomber.

Et puis je me suis éveillée.

C'était sur une plage. Non. C'était dans une cabane de pêcheur, sur une plage. J'entendais le bruit des vagues au loin ; la marée devait être basse.

Je me trouvai assise en une fraction de seconde. La première chose dont je pris conscience, c'était du sang qui coulait dans mes artères et dans mes veines, de mon cœur qui battait, plus vite que je n'en avais eu l'habitude. Mes muscles bandés. La vie qui pulsait de nouveau comme si tout ça n'avait été qu'un mauvais rêve.

Il y avait un vieil homme dans l'encadrement de la porte. Il ne me voyait pas, il regardait vers les flots et je pense qu'il ne m'avait pas entendue m'éveiller.

Je me levai, et m'assis à côté de lui, dans le sable et le silence.

Je suis restée près de lui un moment, quelques semaines peut-être. Il semblait seul, et je n'ai jamais su s'il était muet ou peu loquace, mais il m'avait repêchée au large de l'île. Il m'aida à me rétablir, je me mis à entretenir le petit potager qu'il cultivait les jours où il ne sortait pas avec sa barque. Me forces me revenaient, comme si rien ne s'était jamais passé ; mais il y avait un miroir chez le vieux, et je savais que tout mon cou était noir comme la suie, comme un col de gouvernante que je ne pourrais plus jamais enlever ; et certains jours, le souffle me manquait et ma gorge brûlait au point qu'il fallait me plonger dans l'eau des heures entières pour me soulager.

Un jour le vieux me considéra à la fin d'une de ces crises, haussa les sourcils, et attela l'âne avant de m'appeler d'un geste de la main.

Il y avait un village aux toits de bambous de l'autre côté de l'île. Tous les habitants l'accueillaient avec chaleur et je réalisai alors qu'il n'était pas du tout seul – il ne l'avait jamais été. J'avais pensé que ma compagnie le remerciait, manière de dire, pour l'abri et les soins qu'il m'avait prodigués, mais il n'avait eu nul besoin de moi, ni maintenant ni alors. Il arrêta sa charrette devant une hutte dans laquelle je pénétrai.

L'intérieur en était sombre et sentait l'encens. Un puits de lumière s'ouvrait du plafond et tombait sur le sol au milieu de la pièce, et derrière cela, une table emplie de plantes séchées et de fioles. Je m'attendais à y trouver une vieille dame comme celles des contes, comme celle du festival, mais c'est une jeune femme, de mon âge à peu près si je l'avais connu, qui se tourna vers moi. Elle prit mes mains et inspecta mes avant-bras, avant de passer ses doigts à quelques centimètres de mon visage, de mon cou, de mon épaule, de mon abdomen que pourtant elle ne pouvait voir.

Et elle ne disait rien. Je finis par faire un pas en avant. La lumière, qui la baignait, me frôlait.

"Je ne sais pas pourquoi je suis ici."

"Non ?"

"Vous savez ce que sont ces marques ?"

"Tu sais pourquoi tu es ici, alors."

Je hochai la tête.

"Tu connais la différence entre ces marques ?"

"Je… Je ne suis pas sûre."

"Il y a l'affliction naturelle. On se claquemure derrière nos os pour l'éviter, tous, parce qu'on ne veut pas se rappeler ce qu'on a perdu toute notre vie durant. Mais parfois on croise quelqu'un comme toi, qui n'a jamais bloqué ses émotions. Qui n'a pas eu l'occasion de le faire… Qui n'a pas appris, ou pas voulu. Et pour qui a les clés, les grandes pertes de leur vie sont inscrites là, en encre noire indélébile sur leur peau."

"Et les marques blanches ?"

"Tu as croisé un spectre." Elle me regarda de nouveau. "Tu ignores ce qu'ils sont." Ce n'était pas une question. "Ils ne sont pas morts, et pas vraiment vivants. Ils ne ressentent pas."

"C'est ce qu'il a dit de tous les autres."

"Ils le disent parce qu'ils ne supportent pas d'être les seuls à ne pas avoir le choix. Ils voyagent beaucoup pour éviter qu'on se rende compte de ce qu'ils sont."

"Que se passerait-il si c'était le cas ?"

“On les tuerait.”

Je levai mes deux avant-bras constellés et renonçai à demander pourquoi.

“Est-ce que les autres gens choisissent de ne pas ressentir ?”

“Ils ont oublié qu'ils avaient choisi. Mais, oui, ce fut leur décision. Et ce serait la leur que de revenir dessus. Les spectres sont nés sans émotion, et pour se sentir vivants, ils sucent la force vitale des autres. Ils n'en ont pas besoin pour survivre ; c'est comme une drogue pour eux. Mais ils tuent volontiers pour assouvir leur addiction.”

“Et ensuite ?”

“Ensuite, ils sont affligés. Puis ils oublient.”

“Et ils recommencent.”

“Oui.”

“Pourquoi la marque de mon cou m'empêche-t-elle de respirer alors que je n'ai jamais senti les autres ?”

“C'est ta peine de l'avoir perdu qui t'intoxique.”

“Je n'ai pas de peine. C'est lui qui m'a perdue.”

“Très bien, si tu le dis. Tu n'as pas besoin de moi, dans ce cas. Si tu vas te laver, la marque disparaîtra sans doute.”

“Que puis-je y faire ?”

“Je peux t'apprendre à emmurer tes émotions. Les marques resteront, mais celle-ci ne pourra plus t'atteindre, et tu n'en auras plus jamais de nouvelle.”

“Mais je ne serai plus tout à fait vivante.”

Elle s'énerva. “Ce n'est pas moi qui t'ai forcée à aller te frotter à un spectre.”

“Il doit bien y avoir une autre solution ! Vous devez… J'ai besoin que vous m'aidiez.”

“Ah oui ? Tu te vois y retourner et lui trancher la gorge peut-être ?”

“C'est ce qu'il faut ?”

Elle s'était éloignée de moi pendant l'échange et avait grommelé ses dernières phrases davantage qu'elle ne les avait dites.

Maintenant elle s'était retournée et me regardait avec une sorte de panique dans le regard.

"C'est ça ? S'il meurt de ma main, je n'aurai plus ces crises ?"

"Tu ne peux pas y retourner. "

"Mais si c'est la solution pour qu'il arrête de m'atteindre, même ici, sans perdre une partie de ce que je suis, je dois…"

"Ce n'est pas ce que tu veux."

"Quoi ?"

Elle me foudroyait du regard.

"Ce que tu veux, c'est le revoir. L'addiction s'installe dans les deux sens. Le moment venu, tu seras incapable de frapper, parce que ce ne sera pas pour cela que tu seras venue de toute façon. Et tu te retrouveras, impuissante, dans la cale de son navire. Peut-être même que tu lui diras que tu l'aimes, et que tu sais qu'il n'a pas voulu te faire de mal. Tu vas te bercer de faux espoirs, te repasser les souvenirs des jours où il était ton miroir et où vous vous connaissiez si bien l'un l'autre. Tu vas vouloir faire revenir cela, même faux, même abîmé. Mais peu importe ce qu'il veut ou non ; il fera ta perte parce que c'est sa nature et qu'il a jeté son dévolu sur toi. Et tu ne le sauveras pas."

"Vous n'avez aucune idée de ce que je déciderai ou non."

"Ah non ?"

Elle déboutonna le haut de sa robe et avança en pleine lumière. Son cou portait, uniformément, la couleur de l'ébène. Ce fut moi, cette fois, qui reculai d'un pas. Je secouai la tête de nouveau.

"Ce serait comme m'amputer d'un membre."

"Quand on a la gangrène, on évite qu'elle atteigne tout le corps."

"Ce n'est pas à mon corps d'être mutilé."

Je sortis tandis que, je le savais, elle secouait la tête. Sous ma robe, je serrais toujours mon couteau d'obsidienne.

.

Je l'ai retrouvé quelques semaines plus tard. Il n'y avait pas tant de ports dans la région capables d'accueillir un si grand bâtiment – et s'il y avait une chose dont ma vie ne m'avait pas privée, c'était la patience.

Je me suis glissée dans l'eau du mouillage ; il y avait longtemps que je ne portais plus de robes. La chaîne de l'ancre, je l'escaladai rapidement, et me retrouvai sous le pont avant que quiconque ait pu me repérer.

Je savais bien que ce bâtiment ne comptait aucun guetteur.

Je suis entrée dans la cabine – sa cabine. Caliel. Son odeur y flottait, inchangée, et me serra le cœur alors que je la reconnaissais instantanément. Je raffermis ma prise sur le couteau, camouflé entre mes seins. Et il y avait autre chose, quelque chose que je n'avais pas pris le temps de sentir lors de mon dernier passage et qui m'avait attirée vers la chambre. Elle n'avait pas bougé, mais quelque chose y flottait, empesant l'air, qui s'enroulait autour de moi pour tenter de s'insinuer en moi. Qui est-ce que j'avais été sous ces plafonds ? Moi-même, et peut-être pas tant que ça. Combien de temps avais-je mis à me rendre compte que je n'étais pas libre ici ? Avec quelle facilité avais-je accepté ces barrières-là ? Je m'étais enfuie, bien sûr, mais alors il était déjà presque trop tard. L'être que j'étais maintenant, après le voyage, après la pluie et les pertes, était trop volumineux pour cette chambre ; le cocon était devenu étouffant, mais le spectre de celle que j'étais alors tentait tout de même de reprendre la place à celle que j'étais devenue – de la contenir. M'accrocher à moi-même ne suffisait plus.

Et il est entré.

Je n'ai pas eu besoin de me retourner. Je sentais ses yeux sur moi, ses grands yeux intenses, et je crois que j'avais peur de les regarder. Je me tenais là, encore dégoulinante, à mi-chemin entre la porte, qu'il barrait de son corps, et sa couchette de l'autre côté de la pièce. À notre dernière entrevue, nos places étaient inversées. Je mourais d'envie de voir la surprise dans son regard – je finis par me convaincre que l'observer, cette surprise, m'ôterait mes derniers restes de scrupule. Alors je levai les yeux vers lui.

"Qu'est-ce que tu fais là ?" Tout ce qu'il irradiait, c'était le bonheur – le soulagement ? – de me voir. J'avais beau chercher, je ne décelai aucune malveillance, et j'eus le réflexe de m'approcher de lui. Un pas, puis… je le laissai venir. Il ferma la porte derrière lui. Nos doigts s'effleurèrent, sans se toucher. Je percevais le souffle de sa respiration sur mon front.
"Je suis revenue. J'avais trop de peine."
"Je t'ai crue morte." Ses bras se refermèrent, convulsifs, autour de moi. Les miens suivirent après une hésitation troublée.
"Je suis en vie."
"Ne me fais plus jamais ça. S'il te plaît… Je n'en pouvais plus. Je m'étais mis à frapper les murs. Tu vois ?"
Il me montra un endroit du mur où, en effet, on pouvait distinguer des traces d'impacts. De petites gouttes de sang. Son sang. Je frissonnai en me remémorant ce qui arrivait au mien, dans cet endroit.

Ses mains cherchèrent les miennes et c'est ma bouche qui le trouva en premier. J'eus le temps de lui murmurer combien il m'avait manqué, et là même où j'avais eu tant de mal à tenir debout, ce sont mes vêtements qui tombèrent. Sa proximité ne me vidait pas de mon énergie, elle me grisait. Il y avait quelque chose d'impossiblement violent et d'effroyablement doux entre nos peaux qui se heurtaient et nos os qui se caressaient, et je me trouvai nue contre lui, au-dessus de lui et à nouveau tout contre ses muscles, avant d'avoir réalisé qu'on était en train de faire les gestes qu'on n'avait jamais faits.
À cet instant, il était vivant et moi aussi. Vivants et entiers. Pleinement. Farouchement. Ses mains se nouaient derrière mes

reins, me poussant à aller plus loin, plus vite, plus fort. Je les agrippai de la main gauche, m'y appuyai ; et, de la main droite, j'attrapai le petit couteau d'obsidienne, plaqué juste sous mon cou, si noir de l'avoir perdu, par des chaînettes noires elles aussi.

Il ne comprit, lui qui avait toujours tout vu avec tellement d'acuité chez moi, que trop tard. Sa chair céda bien trop facilement pour celle d'un être vivant, bien trop difficilement pour celle d'un spectre. Il comprenait sans comprendre. Il ne s'y attendait pas. Il n'avait pas vu. Son sang n'attendit pas qu'il réalise ce qui se passait pour couler hors de la plaie.

Alors qu'il s'éteignait entre mes bras, je fermai ses yeux avec autant de délicatesse que si ses paupières avaient été les ailes d'un papillon.

Je me trouvai sur le pont du bateau. Quelque chose en moi voulait le garder. Ç'aurait été ma récompense – engager un équipage avec les perles qui me restaient, devenir l'une des héroïnes de mes histoires, celles que j'écrivais quand j'étais gosse, celles où une petite fille échappait à un quotidien ennuyeux, trouvait une épée magique et devenait capitaine des pirates – elle n'aurait pas pu devenir chevalier ou reine, les reines et les rois étaient ennuyeux, et puis souvent ils enfermaient les jeunes filles dans des donjons.

J'avais sorti la nef du port ; elle n'était pas si difficile à manier après tout. Nous étions loin, mais pas hors de vue – le soleil se reflétait dans les cristaux du phare.

Il faisait grand jour, et d'aucuns auraient pu s'étonner de la présence d'une torche allumée dans ma main droite. D'ailleurs, je la laissai tomber sur le pont. Je pris mon élan, courant et sautant par-dessus bord du navire dont la coque ne tarda pas à prendre feu.

Je sortis de l'eau un peu à l'écart de la ville. Le vent séchait ma peau emperlée de sel, sans en effacer ces marques qui étaient comme des runes que personne n'aurait pu lire, et qui formaient, indiscernablement, des noms. Le mien, celui de mon vampire. Elles ne partiraient plus mais elles ne me brûleraient plus. Je saisis la lame d'obsidienne, et me dirigeai vers un bois de bouleaux dont les troncs seraient faciles à écorcer.

Il était temps de construire ma propre embarcation, si petite soit-elle au début.

SIRÈNE

L'acier trempé
de tes larmes
sur tes bleus ardoise
ne trompe ni la nuit
ni la brume
qui vient et corrode
sans relâche les nuances de tes écailles
jusqu'à les livrer
à la marée

d'encre

(ne te vengeras-tu pas ?)

JUDITH

Sous ses pieds le sol est toujours aussi humide, mais quelque chose a changé. Ce n'est plus visqueux, et si cela imbibe, ça ne colle plus – ça glisse et elle se meurtrit le dos pour se rattraper, se redresser. Elle aurait pu se servir de ses mains, mais elle ne l'a pas voulu – depuis qu'elle a commencé cette fuite à rebours, depuis la petite chambre fermée à clé, le rouge l'a suivie, l'a étouffée et elle craint, si elle s'en couvre un peu plus, d'y disparaître.

Elle arrive au bas de l'escalier. C'est un autre sentiment qui l'étouffe depuis déjà quelques minutes, mais elle n'y prend pas garde. Le lac est plus grand que dans ses souvenirs, ses berges plus accidentées. Elle le reconnaît, elle voit bien que c'est l'immense caverne souterraine qu'elle a traversée voilà bien des années – mais pour le contourner il n'y a plus qu'un étroit sentier de pierre, collée à la paroi qu'elle ne pourra plus refuser de toucher. Çà et là, un rocher dépasse de l'eau. Peut-être pourrait-elle s'y frayer un gué. Au moins ce n'est pas du sang se dit-elle – elle s'apprête à retrousser ses jupes et se ravise. Tout, tout plutôt que de continuer à porter cette odeur mortifère. On accepte aisément l'inacceptable, lorsqu'on vient d'échapper à l'impensable. L'air est frais ici, lavé par les larmes qui emplissent le lac, et sitôt qu'elle en a pris conscience, ses poumons le refusent. Elle vomit, tombe à genoux dans la bordure de l'eau. Elle se met à trembler, elle veut retenir ses larmes comme elle a retenu son sang, mois après mois, refusant de s'alimenter.

Mais elle a trop soif maintenant. La souillure dans l'eau s'éloigne, avalée par un courant sous la surface ; elle se lave les mains et le visage, elle s'humecte pour ne pas avoir à l'admettre – elle boit les pleurs de ses compagnes d'infortune.

Alors qu'elle relève la tête, le souffle un peu assagi, elle croise le regard d'une des pierres. Car c'est bien un regard – celui d'une femme momifiée à force de verser ses larmes, penchée sur et bientôt sous la surface du lac. Judith se redresse, Judith ne veut pas rester dans cette position. Tout autour, les victimes du lac des larmes qui ne sont jamais montées jusqu'à la salle des reines passées ont tant pleuré en chemin qu'elles sont devenues pierre ; elles ne souffrent plus, mais elles ne verront plus la lumière non plus. Le sang essoré de sa tenue disparaît lui aussi, en tourbillons. D'où vient ce courant ? Il faut bien, même si le lac monte… Elle ne se laisse pas le temps de réfléchir. Elle inspire à pleins poumons cet air lavé à l'eau et au sel, se bouche le nez et plonge.

Plus profond elle nage, plus l'eau lui semble claire, fraîche. À sa vue distordue par l'eau, les statues – les corps des autres – semblent presque mouvantes. Elle se tient à l'écart, elle ne veut pas les emporter avec elle, s'entremêler – et d'ailleurs quel temps lui reste-il ? Elle a la chance inespérée de s'enfuir, de sortir où est le soleil et la voilà qui plonge. Mieux vaut finir noyée que rattrapée – mieux vaut finir noyée qu'enfermée.

Plus elle descend, plus les cadavres flottent dans l'eau au lieu de demeurer à genoux. Leurs membres s'agitent mollement comme pour la saluer au passage, et elle touche enfin le fond. Qu'est-elle venue chercher ici ? Elle manque d'air – dans son effort pour conserver bouche et narines fermées, ses yeux la brûlent ; la voilà l'une des pleureuses involontaires.

Alors le corps le plus proche d'elle s'appuie sur ses mains, s'accroupit et se relève. Elle est figée – cela ne se peut. Mais l'une après l'autre, les silhouettes se relèvent. Ex-femmes de Barbe-Bleue ayant choisi de s'arrêter ici dans leur trajet jusqu'à la salle des reines, membres de la domesticité et simple visiteuses, toutes ont gardé leurs vêtements, toutes ont continué à pleurer. Voilà d'où venait le courant. Et les corps fossilisés ont repris leur eau – on n'est pas libre ici, mais au moins on n'est pas tout à fait mort.

Judith, elle, n'aurait pas dû arriver au fond, pas si tôt ; elle leur rappelle ce que c'est d'être vivante, écartelée entre ses émotions – la colère qui le dispute difficilement à la peur d'être reprise, la certitude que si l'on ne peut pas sortir alors mieux vaut mourir ici. Mais soudain elle n'est plus seule – soudain elles peuvent sortir toutes ensemble.

Les corps se rapprochent petit à petit, et Judith n'a plus peur. Les mains se lient, et une lente remontée s'engage, à la recherche d'air, d'escaliers à remonter et de salles à parcourir sans plus jamais se retourner. Si Barbe-Bleue revenait, s'il se mettait en travers de leur chemin avant qu'elles aient atteint leur liberté, alors cette fois, cette seule fois il trouvera à qui parler.

Toutes ensemble, elles ne le craindront pas.

Je m'appelle Amin. J'ai 12 ans. D'habitude, la semaine, je dors à la mine ; avec mon père on s'est installés là où on a pu ; trop loin, la caravane, pour faire le trajet deux fois par jour. Ce soir, un canari est mort et on a parlé d'un coup de grisou. On m'a dit : reviens demain. J'ai voulu attendre mon père, il était pas ressorti. Il paraît que demain, on commence un autre tunnel. Il paraît que cui-là, on l'a tracé pour rien. On m'a rien dit de plus, il a commencé à dracher et y'a bien fallu partir. Je serrais ma veste autour de moi, ça empêchait pas que j'étais trempé jusqu'aux os.

LES ENFANTS PERDUS

https://florencerivieres.itch.io/lost-in-the-rain

Je m'appelle Eugénie. J'ai 9 ans. J'ai voulu partir plus tôt de l'usine, tout à l'heure, avant qu'il fasse nuit ; l'air sentait la pluie, et tout le monde sait que les nuits d'averse, les sirènes sortent. Il faisait sec depuis bien deux semaines, alors elles devaient être affamées. Mais la contremaîtresse n'a rien voulu savoir : soi-disant que je me faisais des idées, et pis que les ouvrières en grève nous avaient mis d'dans,

alors fallait que je reste. C'est facile pour elle :

les sirènes n'emportent que les enfants.

Edouard Noisette

VEINE

Liés par le ventre on a descendu les chevaux
l'un étique l'autre luisant
de graisse soixante-dix
hommes par-dessus leurs crinières et ils n'ont pas henni
de peur ce doit être un bon jour s'est-on dit
soixante-et-onze descendant dans le noir
sans causer ni piper

ici l'invisible tue
sans son chapeau à larges bords
aussi sûrement
qu'un pépiement d'oiseau qui s'éteint
alors qui étaient-ils ces chevaux
diaphanes et silencieux
et durs à la tâche
qui était le soixante-et-onzième
quand les douches des mineurs
n'ont pas une pomme de plus ?

La veine éteinte on en ouvrit une autre
les chevaux charriant les rocs
comme c'est leur habitude
l'enfant à la cage d'oiseau s'avance doucement
et voit

si profond sous terre une racine tranchée net
qui goutte encore sa sève dorée
l'estomac noueux l'enfant approche encor
et les ailes d'aubes timides s'échappent

plus tard l'enfant se fera remontrer
il jurera avoir bien tourné la clé
la cage verrouillée l'oiseau enfermé
mais pour l'heur il court après lui
son protégé sacrifié
les hommes crient au grisou
qu'il les fera tous tuer
mais nulle monture ne bronche

Dans le tronçon creusé la veille même le canari s'est posé
sur un tas de vieilles branches blanchies par le temps
non ; c'est la peau craquelée d'une ancêtre
non ; à la lanterne on voit bien
que c'est là une jeune femme
dont les mains n'ont connu ni triage ni lessive.

Elle observe les hommes de ses grands yeux fées
les hommes qui voudraient être ailleurs
et la fille qui ne devrait être nulle part

Si on la touche peut-être s'effritera
comme les os de la terre
sous la poigne des hommes
mais aussi
quand les os de la terre s'effarouchent
des hommes meurent.
Alors on la laisse lever
sans la toucher.

On lui pose toutes questions que raison admet
comment est-elle descendue n'a-t-elle pas froid quel est son nom
d'où vient-elle
on finit par conclure
à une jeune épousée enfuie
une bourgeoise alors, aux mains plus jeunes que ses yeux
l'un convient que certains époux sont pires que le péché
il parle de sa nièce quand le contremaître interrompt les palabres
on donne de l'eau à la donzelle, qu'on la ramène à la lumière
du jour
elle restera sous clef jusqu'à ce qu'on apprenne
à qui la rendre.
Du canari, on ne retrouve pas trace :
la journée est retardée.
La grande racine, on la charge avec la pierraille
cela fera de l'allume-feu
l'on fait à l'échappée l'honneur du chariot
pour épargner ses pieds nus.
Du bord de son chapeau, le soixante-et-onzième la salue.

On a beau
chercher la belle
ne manque nulle part à l'appel.
Pas de fille enfuie,
de fiancée réticente,
de sœur rebellée,
d'épousée repentante.
Sous la garde du gosse au canari elle l'observe
graver de son opinel la racine dégagée
la sève
lui tache les mains
de temps à autre il lève les yeux

et il lui semble qu'elle a changé de visage
il n'est qu'un gosse après tout
qui s'amuse avec un bout de bois.

Une demi-journée de travail
a été perdue
le contremaître invite la fille chez lui
prévenant il dit
galant même il dit
si obligeant pour une fille-femme
qui n'a pas dit mot
et s'est introduite
dans son tunnel.
Le gosse est renvoyé chez lui.

Le lendemain l'enfant au canari
trouve sa cage occupée ;
il ne sera pas battu.
De sa racine sculptée
il ne reste que des copeaux.
Dans les douches ils sont à nouveau soixante-dix,
les chevaux d'hier ont disparu
et le contremaître manque à l'appel.
Pour lui, la police se déplacera.

La fille, on ne va reverra plus
mais sur le terril le plus proche
la vie regagne déjà du terrain
et lorsqu'on arpente le bosquet de bouleaux tendres
on croit entendre les feuilles sourire.

ALEXANDRA BANTI
alexandrabanti.com

LES DISPARUES DE LAQUIS

Les derniers rayons de soleil raclent, rasent, frôlent le linceul de givre couronnant les mottes de terre, croient un instant pouvoir les en libérer et s'évanouissent un à un derrière l'horizon. Les dents de la montagne mordent le village face aux voyageuses, l'enveloppent de leur ombre et bientôt seul un œil exercé est en mesure d'apercevoir le village de Laquis. La Fiat vidée de son moteur ahane le long du chemin boueux. Élias, le Percheron qui la tire, met un pas devant l'autre, naseaux braqués sur l'odeur de fumée et de paille du hameau.

La plus jeune, André, est perchée sur le capot reconverti en coffre à costumes de scène. Son poids ralentira moins Élias que de s'adapter à son rythme. André bat des mains pour encourager l'animal et pour se réchauffer ; bientôt, elle se cachera de nouveau derrière ses aînées, craintive et effacée. Les plus âgées lui ont assuré qu'iels veilleraient sur elle, mais ne lui ont pas caché leurs limites. La troupe ne peut compter que sur elle-même ; il y a longtemps, elle a compté des adultes, mais les adultes folles ne comptent pas comme des adultes au yeux des autres, sauf s'iels ont tué quelqu'une. Et il faut être folle pour recueillir toustes les enfantes cassées sur son chemin. La guerre leur a permis de se déclarer aussi orphelines qu'iels se sentaient, mais iels restent sans protectrices, rien qu'Eulalie, Marius, Georges, Claude et Hippolyte. Et désormais André, que Georges enveloppe d'une écharpe supplémentaire tout en jetant des coups d'œil en arrière, un gros sac sur les épaules. Comme elleux toustes, André participera à la parade, demain matin ; sa voix est presque aussi précieuse que sa santé.

La procession est silencieuse, chacune fait appel à ce qu'iel peut pour se réchauffer. Pour Eulalie, c'est la pensée d'un bon lit – un bon lit, dans leur quotidien, c'est un tas de foin et pas de vent glaçant, mais l'image suffit à lui arracher un sourire optimiste. Pour Marius c'est le son des applaudissements, sur scène, au moment du salut. Pour Claude c'est la frénésie juste avant le spectacle, les mille détails à régler dans l'instant, un instant où le reste du monde, les blessures du passé et les incertitudes du futur, n'existent pas. Hippolyte, comme à son habitude, songe à son ventre – les autres ne læ comprennent pas, mais l'anticipation de la satiété læ rend presque aussi heureuxse que la collation en elle-même. Claude flatte l'encolure d'Élias, Georges marmonne le monologue de Puck. André, elle, regarde ses amies, la route, la liberté et la croupe du cheval de trait. C'est elle qui pousse un cri lorsque la jambe postérieure droite d'Élias s'affaisse, que son dos s'arque selon un angle qui n'est pas naturel. Claude essaie de le calmer, Eulalie et Marius se précipitent sur la jambe embourbée. *Là, là, Élias, ne panique pas – Georges, aide-nous à le dégager – Élias, c'est bien, gentil garçon...* Georges esquive de justesse un coup de pied, Élias est libéré de l'attelage, puis du trou d'eau. À bout de longe, Élias boitille dans le champ labouré il y a des mois. Marius jure en ramassant le sac de toile qu'il a laissé tomber pour se porter au secours du Percheron, maintenant trempé de boue.

Est-ce qu'il va bien ? demande André de sa voix haut perchée.
Ça n'a pas l'air cassé, répond George penché sur la jambe qui commence à enfler.
Il lui faudrait une attelle, non ?
Une ombre incertaine traverse le visage d'Hippolyte. *Le village n'est*

plus si loin…

Les enfantes passent une partie de la nuit sur le chemin, tirant et poussant la vieille Fiat aux trésors. Même André participe – Élias, d'ordinaire placide, s'agace de ses attentions d'enfant. Il y a quelque chose de touchant, songerait-on si on en avait le temps, à ce que cette enfante ait gardé sa croyance en les bisous magiques.

Les enfantes sont trempé⋅s de sueur sous leurs vestes, Georges leur interdit de se découvrir. Sa voix est dure, tout à coup, forgée aux souvenirs d'adelphes trop malades pour s'en remettre. *J'ai envie de vomir*, se plaint Marius. *C'est mieux que de cracher du sang après-demain*, assène Georges, implacable. Heureusement la route est presque plate à cet endroit. Si Élias s'était blessé quelques heures plus tôt, iⱑls auraient dormi à la belle étoile.

De Laquis, nul ne se porte à leur rencontre ; pourtant des fenêtres éclairées, on a dû les apercevoir. Des mâchoires se serrent ; la troupe d'orphelires réelⱡes ou supposé⋅s s'est accoutumée à de tels accueils. Les cicatrices des obus ont été infligées bien loin d'ici, mais le manque de nourriture et de bras s'est fait sentir partout. Pourtant iⱑls tapent à une porte, puis l'autre, obtiennent l'accès à une grange un peu à l'écart et, demain, la visite d'un fermier pour Élias.

Maintenant Élias est allongé contre André avec qui il se réconcilie ; la petite a récolté (volé) pour lui quantités de feuilles de saule, non loin de la place du village. *J'espère qu'il guérira*, dit l'ure des enfantes au moment de sombrer dans le sommeil. Les ventres sont vides, il vaut mieux garder leurs maigres réserves pour demain. Dans le sommeil, la main d'Eulalie cherche celle d'Hippolyte.

.

Le fermier grommelant qui se présente le lendemain n'est pas très content de les voir, mais il les aide de bonne foi à maintenir la jambe d'Élias. Le verdict tombe : le cheval ne pourra tirer leur carriole improvisée avant deux semaines. Aux œillades réprobatrices qu'il leur jette, les enfantes savent qu'il ne ment pas. Une troupe de théâtre ambulant alors que la guerre vient de se terminer, des enfants sans surveillance, ce n'est pas très convenable. Dans chaque village isolé qu'iels traversent, c'est la même chose : on les regarde de travers, on leur adresse à peine la parole, mais le scandale ne rend leur représentation que plus savoureuse pour les habitantes qui font mine de croire qu'il y a bien ure adulte, qu'iel est simplement partie à la ville, à chercher des pièces pour réparer la voiture. Les enfants se mettent au travail, la Fiat est dépouillée de son contenu et une scène de fortune se monte et se drape à l'extrémité de la place du village.

Deux semaines, tout de même, s'inquiète Georges sans préciser s'il pense à leur répertoire ou à leur sécurité.

Faites attention à vous, le fermier a hésité avant de parler, puis haussé les épaules, est resté coi. *Ne vous inquiétez pas pour nous, monsieur,* a dit Marius, bravache et la tête à demi extraite d'un habit de scène aussi flamboyant que lui-même.

.

C'est la première parade d'André, et la petite fait de son mieux avec son tambourin au milieu des aînées rompues à l'art d'interpeller les foules. Jongle, chant et percussion improvisées, pas de danse, *Approchez mesdames et messieurs, n'hésitez pas,* la voix de stentor de Marius charme fermiers et cordonnières : ce soir, il y a théâtre. La fin de la parade voit une petite foule d'enfants attroupée, se rêvant à la place des saltimbanques. Une mère emmène son fils, tirant d'un coup sec sur son poignet. Les autres se dispersent.

Et André
rencontre
une enfant comme elle
une enfant de sa taille et silencieuse
une enfant aux yeux de vent

à la peau roussie de terre
un pigeon dans les mains,
un pigeon en vie.
Ève, elle s'appelle,
c'est sa mère qui le lui dit.
Ève est trop tordue déjà
pour qu'on l'éloigne à pas pressés
même le théâtre
n'est pas un danger.

Ève ne comprend pas qu'on lui retire
ses amɨs ure à ure
ses parents disent qu'il n'y a pas assez de nourriture pour touŝtes
mais les bébés animaux
ça ne mange pas la même chose
que les gens

Alors Ève adopte
les amɨs qu'elle trouve
elle les cache dans ses tiroirs
et la poche de son tablier
elle adopterait André
si elle le voulait
elle lui montre la margelle du puits
et l'orée de la forêt

André laisse Ève lui tenir la main
et ne le dit à personne
personne d'autre
ne touche André
et quand André rejoint la troupe, il est presque l'heure de lever le
rideau qui ne cache pas grand-chose, il suffirait de se pencher sur le côté

pour voir leurs coulisses, mais il existe et il dessine un espace sacré. C'est sa première vraie fois sur scène, dans les villages précédents elle s'était glissée dans les chœurs. Ce soir, elle frappe les trois coups et déclame :
Mesdames et messieurs !
Bienvenue à notre spectacle.
Ici les mortes dansent avec les vivantes
des lignées sans lien de sang se mêlent
les cendres sont eau, et l'eau se fait vin.
Perdez le sens de vos contours
et suivez-nous, belles gens,
dans notre songe.

Des libertés avec le texte de Shakespeare ont été prises de nombreuses fois, pour coller à la composition de la troupe d'abord, et parce que ces enfantes livrées à elleux-même ont voulu des voix à elleux à défaut de pouvoir quitter les voies boueuses des campagnes. L'assistance ne proteste pas ; dans le coin, le divertissement n'est pas chose courante. Dans les histoires de la troupe, personne ne meurt et nul n'est méchant. Il n'y a guère de parentes non plus, seules les enfantes s'en avisent. Il y a, surtout, la liberté totale d'être qui iels veulent et qui iels sont, ici et ici seulement. Marius surtout rayonne, des six c'est le seul qui aurait eu l'idée de devenir comédien s'il n'avait eu besoin de s'enfuir. Sur scène, les enfantes peuvent oublier qu'iels ne sont pas tout à fait orphelires, pas tout à fait normales. Sur scène, leur différence est leur bénédiction et leur armure. Et à force de voix mêlées, de voiles drapés et de trucages ingénieux, la magie opère et emporte même les adultes.

Jusqu'à la mère de Marcel.
Elle déboule sur la place du village, bouscule les sièges, crie sans parvenir à se faire entendre. Son fils a disparu, les comédiennes se dévisagent les unes les autres mais aucune ne se rappelle ce Marcel.

Dans le public, c'est un désespoir désabusé qui caresse l'air. Mais la mère de Marcel n'admettra pas cela, elle hurle qu'il est indécent de faire la fête et de se déguiser alors que des enfants disparaissent.

Eulalie risque un regard vers Georges, qui secoue la tête : la troupe n'était jamais venue ici. Aucure d'elleux n'est ure enfuï de Laquis.

.

Élias ne guérit pas, ou pas assez vite. Les deux semaines annoncées par le fermier s'égrènent, jour par jour puis heure par heure.

Car les enfantes continuent de disparaître à Laquis. André s'est précipitée vers la maison d'Ève, sa compagne de jeux d'une après-midi, dès la seconde disparition, mais elle l'a trouvée en train de jouer avec un lapereau et l'a aidée à construire un palais de caillasse. Et si les habitantes continuent de venir voir le spectacle, différent chaque soir, les regards à la sortie se font rien moins qu'amènes. On rit et on applaudit, mais les piécettes de paiement se transforment en babioles, miroirs ou breloques, puis en nourriture ; ici une poignée de pommes de terre, ici des pommes fripées, ici une bouteille du laitier. L'on s'est habitué au théâtre, mais pas à la bande d'orphelires qui hante Laquis tandis que des parents battent les bois à la recherche de leurs bambires disparues. On leur vend de quoi manger, mais à peine, on les applaudit le soir pour les tolérer le matin venu. *Hippolyte, tu es sûre de n'héberger personne là-dessous ?* Les enfantes ont vérifié encore et encore : iels n'ont rien à voir avec les disparitions. La paranoïa s'installe des deux côtés. Claude sursaute sans raison, Eulalie croit entendre,

dans le vent,

des murmures d'avertissement.

Ève veut aller voir
la forêt
pas pour les enfantes

elle craint que les battues dévorent les nids,
bouchent les terriers,
écrasent les bulbes
elle demande à André de la suivre
mais André a trop peur,
trop peur de suivre les disparues,
trop peur des accusations
des villageoises
trop peur des sous-bois.

Et les murmures enflent, parce que l'adulte promis n'arrive pas, parce que ces enfantes sont trop libres pour être honnêtes, parce qu'Élias le Percheron boite de moins en moins mais toujours trop pour tirer la Fiat, d'ailleurs n'a-t-elle pas été volée cette Fiat ? Et la petite timide qui traîne toujours avec la fille Duroy, n'est-elle pas kidnappée elle aussi ? On soupçonne au bar, on présume au comptoir, on suppute au bureau de poste et on accuse parce qu'il est bon d'enfin trouver à pointer des doigts hors de la communauté. Et, de moins en moins, on dit *ce ne sont que des enfantes.*

Quand les fourches se lèvent, Georges est prêt. On ne survit pas aux baisers des garçons de la classe sans garder l'oreille dressée. Georges sait la différence entre les murmures à accueillir la tête haute et ceux qui préfigurent des coups. Hippolyte, dont le père a failli brûler le cuir chevelu dans sa forge pour lui apprendre le goût des vêtements appropriés, de même, et ensemble ils ont décidé que le sous-bois valait mieux que le village après tout.

Quand les fourches se lèvent, la Fiat est toujours là, mais Élias est parti.

Marius, le préféré des villageoises, tente de parlementer. Il a de la chance qu'on ne lui jette qu'une brique, les fusils de chasse sont plus précis. Du grenier, Georges, Hippolyte, Claude et Eulalie poussent les ballots de pailles. Ils étaient entreposés au sec, une partie s'en perdra ; Eulalie laisse quelques pièces pour compenser le fermier qui, malgré tout, les a laissées dormir là, et court à la suite.

Les enfantes trébuchent jusqu'aux bois, leurs maigres possessions sur le dos. Élias est déjà loin, ils le retrouveront. La lune seule éclaire leurs pas, pas question d'oser allumer une flamme par-dessus le marché. Derrière, on vocifère ; fuir, c'est clamer sa culpabilité, entend-on en des termes moins fleuris. Marius se frotte l'épaule, *je t'avais dit que ça ne servirait à rien*, et *il fallait essayer*, et *pourquoi ?*, et soudain la troupe sans théâtre s'arrête avant de percuter une silhouette humaine.

Ève tend la main
vers André
et André avance vers Ève de ses petites jambes
un miroir se lève
la lune tombée dans un étang
les chouettes hululent pour elles
les amies réunies
elles marchent dans l'eau froide
sans rien sentir.

André !
Le cri de Georges a retenti, l'instant est retombé au sol, l'enfante a disparu. Hébété, Marius extrait quelque chose de sa poche. Le petit miroir en étain qu'on a jugé bon de leur offrir en paiement, il y a une semaine. Les fourches se rapprochent, mais le choc cloue Eulalie,

Hippolyte, Claude et Georges sur place, leurs chaussures
s'imprégnant de l'humidité des feuilles.

Marius
tend le miroir
non vers lui
mais vers la lune noyée
et l'argent réfléchit l'argent
à l'infini
trois lunes, deux fausses ensemble
un pont d'illusions
et comme les enfants ne sautent rien
c'est lui qui fait le pas
les entraîne et les emmène
dans un royaume
autre
un royaume
de choix sans corps
un royaume
où l'on est soi
sans condition
un royaume
où l'on reste
et où l'on passe
un royaume
de pactes
et d'enfance.

La légende dit qu'à compter de cette nuit-là, une troupe d'enfants à nulle autre pareille arpenta les villes de France, mais plus jamais ses routes. Nul n'arrivait jamais à se souvenir d'où il les avait vues arriver ni comment. Peu importait, d'ailleurs : le spectacle était trop enchanteur pour le gâcher avec des questions.

LE DERNIER MAÎTRE DE THÉ

Ce qui l'atteint pour le moment ce ne sont ni les ondes de la lumière ni celles du vent, et encore moins les regards. Il n'y a que, un à un et en douceur, les grains de poussière qui pelliculent sa surface à défaut de trouver un rayon de soleil dans lequel danser en route.

Ce qui se désagrège et s'agrège au liquide, c'est une pierre qu'on dirait trop dense pour faillir, et pourtant. Le temps a déjà commencé à collecter sa dîme. Les murs sont faits du même roc mais dissimulés derrière des panneaux de papier dispensant la fragilité nécessaire à la méditation. Un à un, les minéraux esseulés tombent à travers la pièce aux proportions canoniques dans le thé déjà froid qui bientôt perdra son goût pour en endosser un autre. À quoi bon alors avoir fermé la trappe, écarté l'échelle depuis la sortie ? Le thé est déjà gâché. Mais le lieu perdure et c'est tout ce qu'il y avait à espérer.

Quand il a entendu leur galop, le vieillard a su qu'ils ne s'arrêteraient pas, pas sans une bonne raison. Ils étaient déterminés ; le rituel devait disparaître. Alors il a arrosé le grand singe posé sur le petit plateau une dernière fois, posé la tasse sur son lit de bambou. Il a monté l'échelle et bloqué l'accès à la chambre de thé sans retour, fébrilement tout dissimulé. Boire cette dernière tasse, ç'aurait été sacrifier l'espoir, mais rester là c'était condamner la chambre de thé à se faire découvrir, souiller de son sang, perdre pour tout le monde et tous les âges.

CRÉER ENSEMBLE

Florence Rivières est autrice, scénariste et écrivain pour le jeu vidéo. Iel est fluide dans les genres (notamment littéraires), avec une préférence pour les univers fantastiques. Iel a scénarisé une BD pleine de traumas, écrit des romans queer et de la poésie, photographie un peu, et quand il lui reste trop de temps sur les bras, iel fait des zines.

Amande Bleue est artiste-illustratrice. Son univers se concentre autour des représentations du féminin, figures réelles ou imaginaires, parfois étranges et oniriques, lui permettant de réaffirmer sans cesse la place et l'image des femmes dans nos sociétés.

Coline Sentenac est photographe et écologue. Æl a étudié la photographie à l'école Louis Lumière, et aime les plantes floues, la gauche, le chocolat mais pas le chocolat chaud.

Édouard Noisette est un concept artist spécialisé dans les décors pour le jeu vidéo. Il est passionné par les univers sombres, fantastiques et historiques. Sur son temps libre, il sert d'arbre à chat humain et parle (beaucoup) de ses sujets préférés.

Alexandra Banti est née dans le Sud de la France. Elle a commencé à créer enfant, pour trouver sa voix malgré sa timidité, et est naturellement devenue photographe et illustratrice.

Ce zine aurait été fort mal mis en page si **Pauline Harmange** ne m'avait pas gratifié·e d'un pouce en l'air depuis l'avant d'une voiture, et certains textes n'auraient pas vu le jour sans l'intervention de Mélie Nasr. Je veux aussi remercier H. pour son intervention en d'autres temps, qui nourrit aujourd'hui encore ma confiance en Selene.